句集

一夜庵

中塚久恵

文學の森

一夜庵と西讃の誓子句碑

観音寺市は香川県の西端、美しい海と浜辺と田園の町である。

市内の一夜庵の在る興昌寺へ天文の頃、住職として帰郷した梅谷和尚を頼り来讃した山崎宗鑑が境内に庵を結び、八十九歳の生涯を終えるまで二十余年間をこの地で過ごした。

宗鑑は「上は立ち中は日ぐらし下は夜まで一夜泊まりは下下の下の客」と詠み、一夜以上の滞在を許さなかったことから「一夜庵」と名付けられた。庵は利休以前の茶道が体系化されない頃の茶室としても知られている。

来讃の頃から自由奔放な連歌師として知られていた宗鑑が俳諧の鼻祖と言われる所以は『犬筑波集』を編んだことである。本集は貞門俳諧や談林俳諧に大きな影響を与えた。

誓子は昭和五十三年ごろ幾度も観音寺市を訪れ数々の句を遺している。観音寺市に隣る荘内半島には誓子と波津女の夫婦句碑が瀬戸内海を見渡す景勝の地に建てられている。

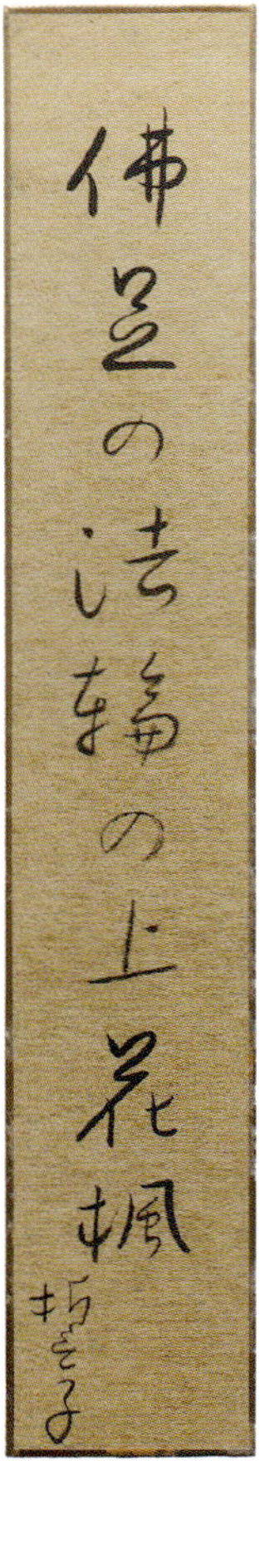

佛足の法輪の上花楓　誓子
（興昌寺一夜庵筆海帖より）

苦楽園日記（抜粋）　山口波津女

六月十日
　空路高松行。詫間町の招きにより。荘内半島に行き、紫雲出山にて取材。詫間プラザホテル泊。
六月十一日
　高瀬二の宮茶畑を見、観音寺の一夜庵に立寄って、伊予三島行。青木家の誓子句碑除幕式に出席。高松への途中にて満濃池を見る。高松国際ホテル泊。
（「天狼」八月号より）

＊

写真右から4人目・山口誓子、同5人目・中塚久恵　（昭和53年6月11日、一夜庵にて）

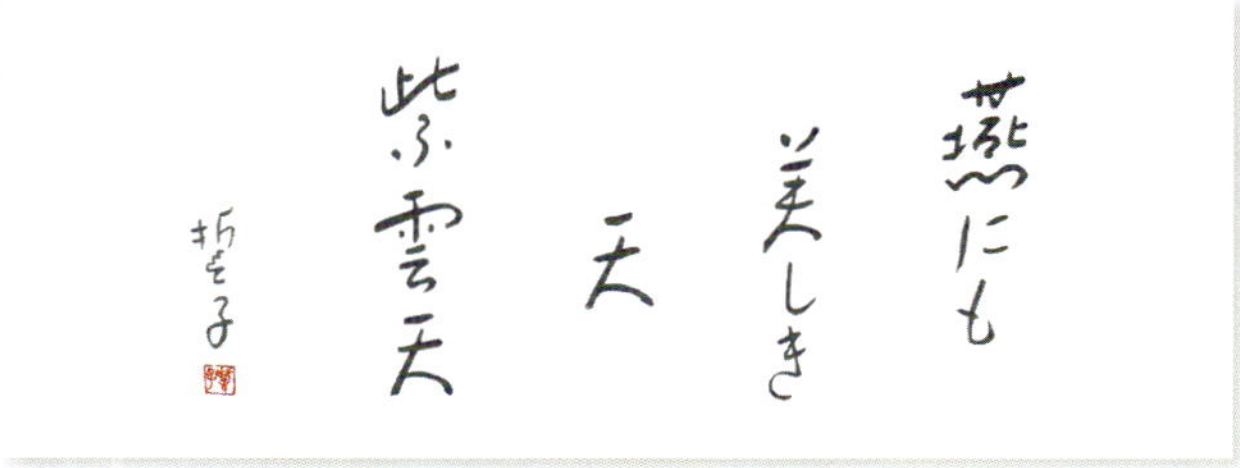

燕にも
美しき天
紫雲天

誓子

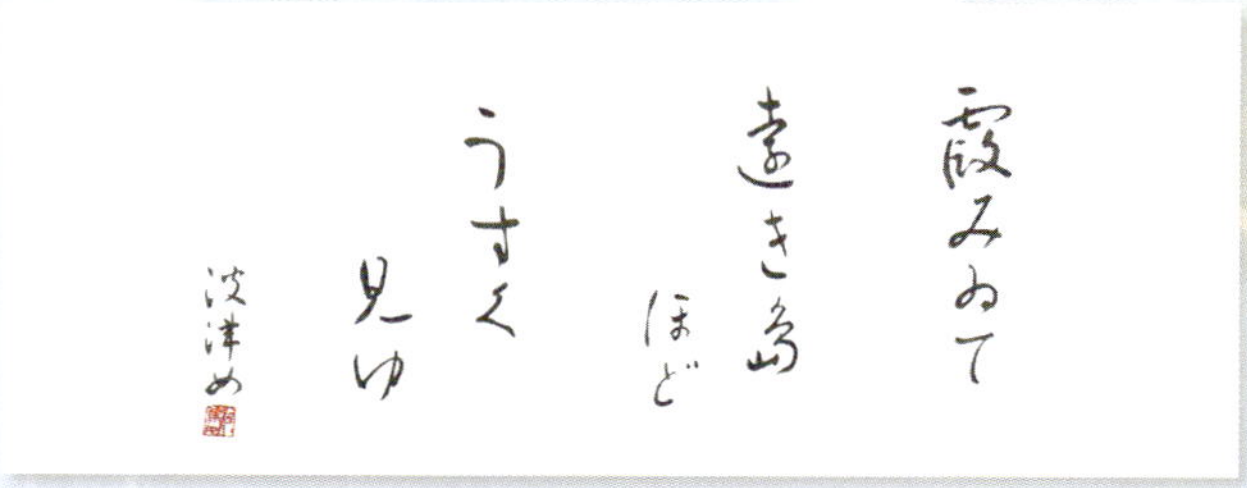

霞みゐて
遠き島ほど
うすく見ゆ

波津女

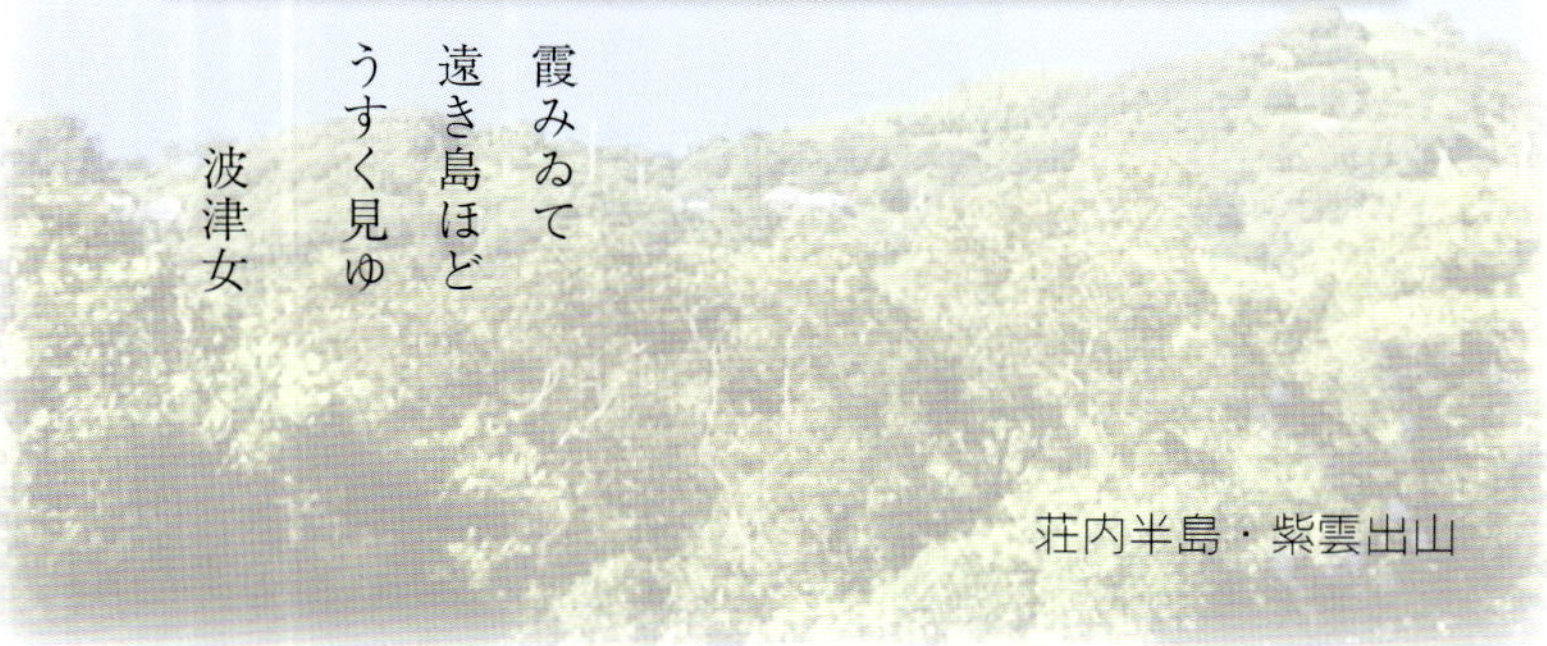

荘内半島・紫雲出山

序

著者の中塚久恵さんには、前に刊行の『銀河抄』(平8・11)という好著があり、『銀河抄』鑑賞、その一文に南ふじゑ氏の達意の文がある。本文「銀河抄」のサブタイトルは——平成の久女　待望の句集刊行——によって、ふじゑ氏の著者に対する信頼は絶大にして、文字通りに、手放しの讃辞であった。よって、私の出る幕ではないと正直に思った次第である。

南ふじゑ氏いわく、

このような閨秀作家が瀬戸内に埋もれていたのかと読者として瞠目せしめる中塚久恵さんの句集『銀河抄』がこのほど上梓された。佳杖先生の序・田面様の跋にその優秀さは余すところなく紹介されているが、私も粒揃いの秀句に圧倒されただ茫然としているのである。
数年前の大晦日に久恵さんから小包が届いた。それは「読初」にとの杉田久女伝であった。常識的な範囲の久女しか知らなかった私は、そのすさまじくも純粋な生き方にひどく心をゆすぶられた。性格的、運命的に不遇な境涯に終わった彼女の、その優れた感性と一途さ、そして強靱な詩精神に、私はふと久恵さんをみたのである。久女＝久恵、これは単なる「久」という観念の連合ではなく、あの穏やかな久恵さんの笑顔の奥に久女的な一本の強い芯の内蔵を思ったのである。
才媛は青春期によく病に冒される。故野澤節子（蘭）古賀まり子（橡）朝倉和江（曙）きくちつねこ（蘭）蓬田紀枝子（駒草）等枚挙に遑がない。才媛は神の妬みに逢うのだそうで、久恵さんとて神が見落すはずもなく療養生活を余儀なくされる。そして前者が皆そうであったように俳句の道へ進む契機ともなり、俳句作家として多感な魂の内面充実の時期ともなるのである。（以下略）
によって、第一句集『銀河抄』の周辺が、いとも詳らかに開陳されている。

而して、この辺で『銀河抄』に対する私の心の占を表白、この度の任に努めたい。

俳歴の長い中塚久恵さんの、来し方の軌跡の大筋を確認のため、第一句集『銀河抄』に触れつつ、ペンを進めて行きたい。

『銀河抄』を繙くと、尊い一葉の口絵写真に、「誓子先生を囲む（昭和53・6・11）」があり、誓子先生の隣りに、居住まいを正した若き日の久恵さんに見えることが出来る。

尚、句集には、序句として、

佛 足 の 法 輪 の 上 花 楓　誓子

によって、一集の餞をなしている。が、写真の撮影の場所が俳諧の祖・山崎宗鑑ゆかりの一夜庵で、そのことを記念し、作者在住の観音寺市（教育委員会）主催の俳句大会があり、久恵さんは大会の選者であることは、周知の通りである。

一夜庵とは「山崎宗鑑が興昌寺の境内に結んだ庵で、数寄屋の形態をとり、日本最古の俳跡」である。尚、「一夜庵」の名は、宗鑑が来客の一夜以上の滞在を戒めたという、歌に由来している由。

上《じょう》は立《た》ち中《ちゅう》は日《ひ》ぐらし下《げ》は夜《よ》まで一夜泊《いちやど》まりは下下《げげ》の下《げ》の客

に因むとのこと。一宿一飯をも戒めている。

ここで少しく余談になるが、小林一茶も興昌寺に曾遊している。よって、

下下《げげ》も下下《げげ》下下《げげ》の下国《げこく》の涼み　　一茶

の句は、前の「上は立ち」の宗鑑の石碑のこと、故無しとはしないが、その実は如何にと敢えて述べた次第である。

次に、集中の佳品より私の好むところの佳品を紹介させて頂く。

緑郊

足弱の遍路佛足石を撫づ　（昭26）

火蛾狂ふことを悲しみ点さざる

一望の青田押しゆく乳母車

一門の長者となりて墓洗ふ
つづれさせ母の形見のお針箱
銀河より聞こゆる声を吾れ聞けり

燕来る窓

待ち針の玉の虹色針供養　（昭56）
春眠のおん眼を閉ぢて磨崖佛
結願の寺一巻の落し文
子に絞る乳房豊かに天の川
人妻のブーツが渡るかづら橋
斑鳩の塔に拡がる初御空

泣きぼくろ

金泥にまみれて涅槃し給へり　（昭60）
流し雛落ちゆく海の鳴り止まず
風当たり強き長者の鯉のぼり

高度一万箱庭の如き国
弦のなき弓引き絞る里神楽
刺青の龍の怒れる裸押し

追憶の扉

雲居より固まり落つる滝の水　（昭63）
魂還りたるか門火の揺れはげし
黄泉比良坂《よもつひらさか》の洞窟滴れる
佛飯のすぐに乾びて魂祭
伝言板吊るし産土神の留守
追憶の扉いくつも日向ぼこ

阿波をどり

燭捧げ影の生まるる涅槃像　（平4）
絵硝子の聖母に落花とめどなし
黛をすこし濃くして更衣

笛方も五指を踊らせ阿波囃子
鳴り物に力づけられまた踊る
面はづし少女に戻る寒稽古

花筏

銜へたるものもて余し雀の子
三姉妹揃ひて白髪山笑ふ
水中花にもはな曇り水ぐもり
空蟬の念力の爪ゆるめざる
不機嫌を宥めて注油稲刈機
おもむろに鉄瓶の声福沸かし

などなど、佳品が目白押しで冒頭の「平成の久女」に、改めて逐一納得した次第であるが、ことの序でに〝序〟の一斑を見て全豹を卜することとする。

俳句の世界は、目に見えるものをそのままに描写する所謂『花鳥諷詠』

という狭い範囲に限られたものではない。音のなきところに音を聞き、声なきところの声を解し、姿なきところより姿を見出すことこそ、鑑賞の根本であり、芸術であると信ずる。（以下略）

によって、俳句の何たるか、あるいはその奥義であるところの、皮膜を綯い交ぜにした世界を具現せしめていることを、容易に確認出来たこと、何よりの幸いであった。

ところで、『銀河抄』の句々を精読することによって、新たに浮かんだことの多々、著者の長い俳歴が、結社の遍歴を可能にしたことを容易に垣間見るところとなる。

その点をも赤裸々に述べ、一書を理解する手立てにして頂きたい。

俳歴＝「昭和五十三年、一夜庵にて「山口誓子先生と西讃天狼の人々」との記念写真がエポックになっている。その後、昭和六十一年三月「狩香川支部が設立」久恵さんはその時の主力作家」（以下、集中の要点を抜粋）

「昭和二十六年「新聞に投じた「野分」の一句が、山口誓子先生の許へ私を導いた」昭和五十六年「三十年近い俳句空白の時が流れ去った。中村祭生氏

（天狼同人）の導きで「狩」に入会」。昭和六十年「狩」の縁により、南ふじゑさんを介して滝佳杖先生の指導を受ける」。昭和六十三年「山頭火や久女を懐かしんだのもこの頃のこと」。平成四年「群青編集長、岡本虹村氏の指導を受ける」。平成六年「長い間薫陶を受けた狩行先生の門を去ることになった。一所不住の私の業であろうか」と認めている。

また〝跋〟には、

久恵さんの人柄は物静かな柔らかさの中に、自分の信念に向かって突き進む一本筋の通った処が彼女の最大の魅力であると言えます。俳句にもその性格が随所に見られます。古語をさりげなく適所に使って句の風格を高める技術は流石であります。（田面浩一郎）

にみる紆余曲折を経て、この度の第二句集の発刊に至ったのである。

尚、この度刊行の『一夜庵』の集中にみる、詞書に「「畦」の人々と二句」の、

煤逃げのひと日を宇治に遊びけり

青竹の結界寺の年用意

があり、更に、

悼・上田五千石先生

虹を見て今生の師と別れけり

という佳品に接し感慨も一入である。就中「今生の師」と定めた、上田五千石師との永訣など努、夢想だにしなかったであろう。とは言え一寸先は闇で、かつ会者定離のことは、ひととして避けては通れぬ憂き世の条理でもある。閑話休題、紙数の都合で、この辺で集中の句々より、好むところの佳品を抽出していきたい。

遍路

足弱の遍路佛足石を撫づ

母逝く　四句の二句

灯を入れてより闇動く精霊船

寂しさに流灯ひしと相寄れる
結界を発ちて遊行の草の絮
石庭に何処よりきし落花かな
またの世の昏さ犇く万灯会
石佛の無聊に届く落し文
美しくふぶきて花の塵となる

光陰

うかうかと過ぎし光陰穴まどひ
饒舌を封じて白きマスクかな
一輪の太陽揚げて耕せる
星座みな瞬き年を惜しむなり
鴨居より餅花滝のごと枝垂る
耕すや土よろこびの艶となる
塵もなき雛壇尉と姥が掃く
火の独楽となる急流の落椿

ひとすぢの川

綺羅星を撒きたる路肩いぬふぐり
国宝の塔より和毛鳥交る
代掻きて太陽も泥まみれなる
甲冑をはみ出す薄羽かぶと虫
送り火の消えて星座の濃くなりし
飴色に古ぶものさし針供養
星屑と思うて拾ふさくら貝
黎明の星響き合ふ誓子の忌
駿足の逃げ水路線逸れもせず

枯蓮

稲雀ひかりの粒となりにけり
嘶きてたてがみ乾く稲架の馬
生けるものあり枯蓮の水うごく
一夜庵誓子の座せし縁の冷

寒禽の気配幽けし一夜庵

夫急死　四句の二句

しかばねの出づる脇門明易し

髪洗ひ死顔若くなりしかな

日本丸

大南風うけ高々と登檣礼

銀河

帰省子のどさと鞄を下ろしけり

月よりも連山遠く横たはる

金刀比羅宮　二句の一句

身じろがぬ月毛の神馬神の留守

寒禽の翔ちて和毛の降つてきし

誓子句碑訪はぬ歳月苔の花

誓子の掌触れし佛足石灼くる

ほとばしる酸橘の香り涼新た

ライターを点けて僅かに霧燃やす

などなど、佳品を抽いたら限り無しの体であるが、それらの句々に逐一触れることを避け、あとは読者（各位）の審美眼に委ね、鑑賞の労に期待したい。以前に約束のこと、いずれの機会に「宇宙」の誌上にて『銀河抄』を紹介の責めが、未だ不履行のこと詳らかに、且つこの機を千秋。と同時に、千載一遇のチャンスと捉え、かかる形の『銀河抄』『一夜庵』を紹介の任に、只管に徹したこと、ご理解、ご諒承いただければ幸甚である。

とまれ、この任を一所懸命に努めた結果、後顧の憂いなしとして擱筆のこと、よろしくお願い致します。

第二句集『一夜庵』ご上梓のことおめでとうございます。

平成二十七年三月二十六日（誓子忌）

島村　正

句集　一夜庵＊目次

題簽　曽我部眞富
カバーデザイン・口絵写真　中塚康行
帯・表紙・扉デザイン　クリエイティブ・コンセプト

句集　一夜庵

宇宙叢書38

遍路

丸亀・中津万象園　五句

一塊のいのちぞ黒き蝌蚪の紐

うつろひの果はらはらと桜蘂

つつましきもの運びをり蟻の列

千変の苑の万緑亭ひとつ

緑蔭をかたみに蝶の来ては去る

足弱の遍路佛足石を撫づ

全身の汗を垢離とす徒歩へんろ

水勢の韋駄天走り梅雨出水

日がな描く平仮名くづし水馬

母逝く　四句

喪にこもる燕来る窓すこし開け

灯を入れてより闇動く精霊船
寂しさに流灯ひしと相寄れる

遡る流灯なにを言ひ遺し

掌中の珠が声出す胡桃かな

伊予・瑞應寺　三句

太幹の瘤に星霜いてふ散る

禅林に一切の黙冬の禽

もの言はぬいづれも冬樹人語透く

白息を呑みて言ひたきこと言はず

芒原一本の杭動かざる
高西風に応へて塔の軋むなり

爽やかに身をしなやかに百済佛

結界を発ちて遊行の草の絮

美酒一壺油のごとき良夜かな

東寺　六句

大宮路より慶賀門しぐれけり

結界に落つ禁断の木の実なる

雲飛んで塔うごくなり雁渡し

わが歩々に塔も寄り来る露しぐれ

しぐるるや塔くろがねの巨人なる

寒気連れ来て神将に睨まる

奈良　四句

玄室に縄文の闇春の闇

室生寺の塔鳴らし過ぐ春の雷

石庭に何処よりきし落花かな

NHK「俳句王国」出演

睡らざる窯火二夜の梅香る

ででむしの個室と言へど透きて見ゆ

夫・検診　二句

短夜の付添ひベッドまた軋る

よろめきつこの世に戻る昼寝覚

水神の荒ぶる瀑布轟ける

片蔭に入りて失ふ己が影

屋根低き無人の駅舎いわし雲
ねんごろに別辞交はして暮早し

隠岐吟行　五句

御綸旨を封じて隠岐の落し文

どよもして遠流の浦曲夏怒濤

領巾振れり遠流の島の花芒

白骨樹刺さりし青嶺流人島

遊船の底を引つ掻く海蝕洞

またの世の昏さ犇く万灯会

石佛の無聊に届く落し文
おのが手に己消し去る白日傘

天高きこと映しゐて山上湖

秋の蚊を殺めしわが掌穢れゐる

裸木となりし老樹の面構へ

裸木の上蒼穹も裸形なる

骨拾ひ寒星ひとつ増やしたる

礁《いくり》打つ濤とどろなり実朝忌

待春の胎動確と掌に伝ふ

羨道の崩れし石へ梅の散る

八方へ飛花風向の定まらず

美しくふぶきて花の塵となる

病葉に打たれて低き去来墓

向日葵の種子は複眼この鋭目《とめ》よ

払子《ほつす》もて僧正百足追ひにけり

月蝕の始まり火蛾の狂ひ出す

早乙女の去りて早苗の戦ぎ初む

鉄鉢に蟬の声享く修行僧

草の絮飛んで古里墓ばかり

敗戦の勅きれぎれに油照り

街の灯の殊にまたたく無月かな

身を細め宗鑑の塔冬ざるる

光陰

たべごろの田を知りつくす稲雀

うかうかと過ぎし光陰穴まどひ

国宝展見終へて釣瓶落しなる
とどまらばこの野に吾も枯れるべし

回廊に降り籠められし七五三

饒舌を封じて白きマスクかな

愚にかへること寧らけし日向ぼこ

明日樵ると冬樹の肌を撫でにけり

鎌挙げしまま風葬の枯蟷螂

一本が伐られ冬樹の黙はじまる

冬耕や大愚に似たるシルエット

寒灸も死も畦またぐほどのこと

香燻きて客殿淑気みなぎれる

火の鞭を振り修羅となる野火の衆

むらさきに雑木潤める二月かな

一輪の太陽揚げて耕せる

胎内と思ふ母郷の島おぼろ

タイ・中国の旅　七句

安南の壺に天水大ひでり

交代の刻きて衛士の汗ぬぐふ

累々と遺跡の煉瓦油照り

森々としじま廃墟の蟻地獄

兵馬俑黙して汗の吾を視る

夕焼の運河炊ぎのもの匂ふ

梅雨寒の玉佛のみ手透きとほる

菖蒲湯の揺らぎ膕《ひかがみ》くすぐりし

念力をもて炎天に踏み出せる

河童忌の木の間蜘蛛の囲ひかりをり

足弱のものの見当たらず蟻の列

抜き差しのならぬ距離なり穴まどひ

びつしりと露の目つぶし道路鏡

噤むこと自戒に似たり敬老日

鰯雲うごく地軸の回りゐて

猪垣の崩れここより平家村

みだらなることも宣らせり里神楽

「畦」の人々と　二句

煤逃げのひと日を宇治に遊びけり

青竹の結界寺の年用意

星座みな瞬き年を惜しむなり

ミレニアムてふ太き棒去年今年

行く年と来る年闇にすれ違ふ
閉ざされし襖の奥も年ゆけり

初暦めくれば去年の退りゆく

鴨居より餅花滝のごと枝垂る

学校の竹馬鉄の音立つる

一番機発ちて恵方へ空の旅

スカーフを外して齢まぎれなし

凍蝶の合掌の翅動かざる

末黒野の鴉くろぐろ訃報来る

室の花抱き来て柩うづめけり

佛飯の布施にあつまる寒鴉

強霜を踏みきて白き骨ひろふ

耕すや土よろこびの艶となる

さみどりの襟かたく詰め蕗の薹

己が翳蹴つて初蝶発ちにけり

初蝶の遊びをせんと舞ひ出づる

もののけの声出す闇の浮かれ猫

白《びやく》毫《ごう》の梅一輪のつぶらなる

点描の白梅あをき空のいろ

塵もなき雛壇尉と姥が掃く

桃の花和紙の雛にも奉る

雛の間をよぎり数多の視線浴ぶ

みどり児も雛も小指《おゆび》のあえかなる

灯を消して雛の視線を逃れけり

納められもう寄り添へぬ夫婦雛

火の独楽となる急流の落椿

岩走る水に乗りたる落椿

佛生山法然寺　四句

涅槃会の佛母は板の雲に載る

やすらけし寝釈迦のおつむ大いなる

天井に届く涅槃図月暗し

僧坊の闇をゆたかに沈丁花

いつよりの吾が泣きぼくろ啄木忌

ひとすぢの川

綺羅星を撒きたる路肩いぬふぐり

花馬酔木家名の絶えし生家かな

地滑りのありし里山雉子啼く
降り出でて月の在り処もおぼろなる

泥被りをりし真鯉の水温む

国宝の塔より和毛鳥交る

地下街を出で啓蟄の電車待つ

春昼のからくり時計をどりだす

奈落せり出す啓蟄の仁左衛門

啓蟄や先《ち》考《ち》の遺せる蝮酒

車椅子母に押されて卒業す

子らの肩波のごと揺れ卒業歌

惜春の音なくすべる砂時計

蒔き終へし花種袋爪はじく

身に積もる齢八十八夜寒

待ち合はす茅花流しの始発駅

田水張り田よりも広き空映す
代掻きて太陽も泥まみれなる

亡き人を呼ぶ小綬鶏の漫ろなる
喪のすだれ薄墨色に揺るるなり

堰越ゆるときも濁流出水川

ししむらの渦に透きをり蝸牛

一掬に一句湧き出よ岩清水

陽の差してしぼ弛めたり花菖蒲

夏蝶の飛翔に宙のありあまる

甲冑をはみ出す薄羽かぶと虫

鬼ヶ島　二句

葛咲くや鬼ヶ島にも人住めり

蟬生るる奈落の闇の穴残し

活けられてよりは動かず猫じやらし

盆用意佛間の畳拭き込めり

先住に似し眉の濃き盆の僧

送り火の消えて星座の濃くなりし

燭継ぎて露けき通夜の影揺らす

スカートを翼に少女花野跳ぶ

別格本山・大山寺　二句

一握のぎんなん大師より賜る

山坊に覚めて阿吽の露けさよ

跳ねはねて回転木馬木の実落つ

縄の帯締めて案山子の貫頭衣

酒蔵の湯気かんばしき神無月

冬銀河この世しがらみばかりなる

みづみづと洗ひし冬菜もらひけり

み佛のかたちの起伏山眠る

オリオンの炯々としてわれを射る

行く年に後れ刻告ぐ古時計

一切の枯れひとすぢの川涸るる

南国に融くるほかなき雪つもる

連れ添ふは己が影のみ月冴ゆる
なやらひの鬼の着ぐるみ吊るさるる

潮の香を運ぶ海鳴りもどり寒

飴色に古ぶもののさし針供養

粛々と百歳の葬冴返る

夫と待ち合はす街角日脚伸ぶ

われ魚となり遡るおぼろ川

照返す古城の櫓初つばめ

ショベルカーまで陽炎に捕らはるる

つくばひに来て春禽の羽繕ふ

星屑と思うて拾ふさくら貝

家毀《こぼ》つ塵埃加へ黄砂降る

ポケットに鳴らす鍵束涅槃西風

電柱も橋も歪めて水温む

鶴となる銀紙よバレンタインデー

黎明の星響き合ふ誓子の忌

春一番フード真白く嬰児ねむる

満開の満を持したる朝桜

海鳴りのたかぶり落花誘ふなり

滾つ瀬のとどめおかざる花筏

わた菓子の薄紅模糊と花ぐもり
駿足の逃げ水路線逸れもせず

塗りかへし壁真白なる徂春かな

母の日の海鳴り妣《はは》へ鳴り止まず

夙に亡き人とも逢うて昼寝覚

手も足もばらばら幼な児の昼寝

落蟬の鳴くだけ鳴きし軽さなる

白骨とおもふ流木風死せり

枯蓮

弔問の口籠る間も法師蟬

わが影も足も濡らして墓洗ふ

ご母堂と呼ばれて廻す秋日傘

はたはたの跳ねて中洲を越えゆけり

恃むもの無く縺れ合ふ葛の花

滝壺を出でたる水の澄みにけり

執念の爪をしつかと草虱

重陽の供華馥郁と伎芸天

切捨ててしまふ円周率夜長

稲雀ひかりの粒となりにけり

北海道　二句

花火待つ満艦飾の燭消して

洞爺湖の天昏くして花火待つ

案山子とぞ見し古帽子歩きだす

国分寺址天平の露しとど

いのちなきものみな蒼し天の川

嘶きてたてがみ乾く稲架の馬

芋の露うごき吾が貌歪みけり

影正す間もなし露の芋あらし

愛憎の蘂からみ合ふ曼珠沙華
地に還るものに声なし黄落期

氷割る冬星の夜の看護室

足音の湿りてけふの落葉なる

生けるものあり枯蓮の水うごく

天明をうけ早発ちの寒へんろ

一夜庵誓子の座せし縁の冷

寒禽の気配幽けし一夜庵

病室の初日さへぎるブラインド

耕して大地の鼓動よび覚ます

耕耘機御して手弱女とも見えず

九州　三句

踏まれたる邪鬼の泣き面山笑ふ

のびやかに宇佐のうぐひす薄ぐもり

黒潮の島に一ヶ寺灌佛会

四月馬鹿硬貨ふり出す貯金箱

逢へば憂し会はねば愛し花月夜

水擲ちて湖を置き去り鴨帰る

膕《ひかがみ》に発条ありげんげ田を跳べる

炉塞ぎて孤独の遣り場うしなへる

美しき焔の殺意毛虫焼く

山彦の呼ばふ高さの山法師

油虫くりやの総て知りつくす

平等院

水馬鳳凰堂の屋根を跳ぶ

夫急死　四句

しかばねの出づる脇門明易し

髪洗ひ死顔若くなりしかな

梅雨茸のけむりの如き吐息かな

喪に籠り重たき髪を洗ひけり

落雷の爪の先までひびきけり

炎天の望楼太き綱垂らす

日本丸

大南風うけ高々と登檣礼

キャンプの火離れ瞬く土着の灯

竹皮を脱ぎすて天を志す

水平らなればぴたりと蓮葉浮く

端居して太古と同じ星仰ぐ

いま植ゑし早苗溺れんばかりなる

病髪の頸にまつはる溽暑かな

薔薇園のばらに絢爛たる孤独

雨の薔薇ガラス砕けしごと崩る

銀河

そこばくの旅の荷揃へ明易し

しづけさを絞り岩間を滴れる

空蟬も蛇も棲みをり古墳山

老鶯に木霊の応ふ奥の院

太幹の黒きトルソー木下闇

下闇をまんじ巴と黒揚羽

金刀比羅宮七夕蹴鞠　三句

鞠坪の病葉こぼれたるしじま

幔幕を越ゆ金比羅の梶の鞠

荒梅雨の水煙雲に突き刺さる

悼・上田五千石先生

虹を見て今生の師と別れけり

火を水となして懸けたる滝花火

湖底より廃村のビル大旱

戸障子を外し風入れ一夜庵

盂蘭盆会　四句

朝まだき水の手触り墓洗ふ

帰省子のどさと鞄を下ろしけり

おもざしの父似祖父似と初盆会

あしなへの妣《はは》の流灯後れゆく

海隔て劫火の記憶ヒロシマ忌

畳みたるままの日の丸敗戦日

寝落ちつつ野分の雨を聴きてをり

燭ひとつ後れて奉る地蔵盆

栴檀の樹に縛りたる施餓鬼幡

満濃池　三句

治水の碑流るる露の滂沱なる

水の声満てり池塘の草もみぢ

すすき野をよぎり数多の芒傷

障子貼る妣《はは》の使ひし刷毛古ぶ

美しき縞の尾ちらと穴まどひ

熟柿享く五指をゆるめし掌

草原の月光よよと靡きけり

月よりも連山遠く横たはる

諍ひの聞き手に徹しそぞろ寒

声あげて猛る窯の火小望月

色ひと日深めてさやぐ落葉樹
黄落の樹のざうざうと咽ぶなり

金環の眼光ひくく鷹の舞ふ
満天の星しんしんと神の旅

金刀比羅宮　二句

柞《ははそ》落葉おんひらひらと一茶の忌

身じろがぬ月毛の神馬神の留守

メスの痕ふやし身体髪膚冷ゆ

綿虫を行かしめ夕陽かがよへる

きつぱりと裸木となり潔し

寒禽の翔ちて和毛の降つてきし

聞こえざるとも頷きて日向ぼこ

選ばれて聖樹となる木伐られけり

洄川のくねりに曲がる風の音

身ひとつに鬼も佛も戹詣

肩書の無くて句会のあたたかし

浴佛に触れて甘茶の杓の鳴る

急流の組む間とてなき花筏

わが茶毘の日もかく降れよ花吹雪

包丁のにぶき切れ味菜種梅雨

蓮咲くや雲は飛天の風姿なる

緑蔭を出でさながらにカメレオン

てのひらを窄めて享くる桜んぼ

梅雨寒の霊安室へエレベーター

誓子句碑訪はぬ歳月苔の花

誓子の掌触れし佛足石灼くる

田水引くより電柱の揺らぎだす

母恋のかはほり日暮れ呼び寄せて
峯雲のパントマイムの徒ならず

月光の及ばぬ暗さ蟬の穴

煽られて傷つき合へり破れ蓮

ほとばしる酸橘の香り涼新た

ライターを点けて僅かに霧燃やす

島の灯の細り銀漢あふれだす
稜線を幾重にむすび山ねむる

早寝の灯消して火伏せの神の旅

マカオにて

金色のピエタの泪西日照る

煮凝りや真ん丸の瞳に見詰めらる

研ぎ澄ます鉾の光芒冬北斗

跋

一夜庵誓子の座せし縁の冷

中塚久恵さんは、先の句集『銀河抄』（平8・11）の口絵に山口誓子を中心にして七人のメンバーで撮った写真を載せている。一夜庵は観音寺市の興昌寺にある、俳祖宗鑑の結んだ庵として有名である。この庵の縁での写真には中央の誓子に寄添い中塚さんは写っている。日付は「昭和五十三年六月十一日」。

中塚さんは昭和二十六年に「天狼」に入会している。二十三歳のことだが、この若さですでに誓子に傾倒していたのだ。しかし程なくし、彼女には俳句中断の時がながれる。が、本稿冒頭の俳句の頃には俳壇に復帰し、「天狼」

へ投句もされていたようだ。

中塚さんが滝佳杖主宰の「群青」俳句会に参加し私どもと句会を共にしだしたのが昭和六十二年、「群青」香川支部が発足してからで、平成十四年末に「群青」が廃刊するまで彼女は香川支部の主力としてお世話下さった。

香川句会は常に二十数名のメンバーが集って盛会だった。句会での選句で私が最も信頼を寄せたのは、主宰でも支部長でも無く中塚さんだった。彼女がおられたことで句会の充実感を覚えたものである。

中塚さんとは吟行、鍛錬、祝賀の会と、ことあるごとにご一緒して来た。彼女がいま第二句集を出すということで跋文の依頼を受け、その膨大な句稿を改めて読ませてもらったが、中塚俳句の肝心なところに理解が及ばず、勉強不足に過ごしたことを恥ずかしく思っている。ただ草稿は平成十年以後とあり、十四年までの彼女の作品は「群青」誌上で鑑賞評にも取上げているので、そうした作品から中塚俳句を垣間見せてもらうことにしたい。

よろめきつこの世に戻る昼寝覚

深い眠りに入れば脳細胞は肉体を置去りにして、現実世界をかけ離れたところに遊ぶ。睡眠中は全くの別次元にいたのだ。現実世界を取戻すには間がいる。句は精神の定まらぬところを自嘲的にとらえ諧味を持たせる。

うかうかと過ぎし光陰穴まどひ

穴まどいは秋遅くなっても穴に入らず徘徊している蛇。「うかうかと過ぎし光陰」はこの穴まどいを見掛けたことをきっかけとしての、自省のフレーズだろう。日頃嫌だと思っていた蛇に同情を誘われることもある。「うかうか」は人間一般にも言え、この句の場合など作者の視線に温もりすら感じさせられる。

みだらなることも宣らせり里神楽

里神楽は各地の神社の祭儀で奏する歌舞だが、神に扮した演者が卑猥なことも言って観衆を笑わせる場面もあって、雰囲気を盛上げたのであろう。「宣らせり」は敬まっての措辞だがここでは茶化し気分にもとれ、里神楽の実際を知らぬ私にも情景が楽しく見えてくる。

遡る流灯なにを言ひ遺し

作者からのお手紙に「父母の死後、京都の大文字の夜、渡月橋の袂で灯籠流しをお願いした折の句です。夫の父母、わたしの父母と続けて流した灯籠が固まり流れていたのに、ややあって一つは遡り一つは後れ、やがて他の灯籠と一緒に下流へと流れ去りました」との一節がある。掲句を鑑賞するに格好の助けになると引用した。他に言葉を添える要も無い。作者には同時作と思える句に〈あしなへの妣の流灯後れゆく〉〈寂しさに流灯ひしと相寄れる〉の作品もある。実際に体験した句として心を捉える。

火の独楽となる急流の落椿

切岸に咲いた真紅の椿が急流に落ち、渦に捉えられてきりきり回る。「火の独楽」は印象鮮烈な感動から生れた言葉だ。作者には先の『銀河抄』に〈激流へ身を躍らせて椿落つ〉の句を載せている。ともに作者の強靭な詩精神をいやが上にも昂らせた、華麗な見せ場とその出会いを見逃さなかった句。

中塚さんは多感な青春期の闘病生活に触れた文学に情熱を覚え、その影響

は大きかったであろう。今回の作例からでも、

薔薇園のばらに絢爛たる孤独
火を水となして懸けたる滝花火
美しき焰の殺意毛虫焼く

といった色彩感の強い句が随所に見える。これも作者の青春期に培われた詩的情感の素地あってのことであろう。殊に「美しき焰の殺意」といったフレーズなどは、不思議とクールな感情で受止められる。

中塚さんの俳句は博識で、素材幅を万遍なくこなしている。従って秀句も多岐に亘っている。これを一々取上げては際限が無い。句集の良さの一つは読者自らが作品を読みわける楽しみにある。徒な駄文は読者に迷惑と思うからであるが、私なりに中塚作品の至芸とするところを幾例か挙げて稿を措くことにしたい。

①ご母堂と呼ばれて廻す秋日傘

②わが歩々に塔も寄り来る露しぐれ
③胎内と思ふ母郷の島おぼろ
④礁《いくり》打つ濤とどろなり実朝忌
⑤鎌挙げしまま風葬の枯蟷螂
⑥案山子とぞ見し古帽子歩きだす

①親しい間柄だろう、「ご母堂」などとからかい気味に呼ばれた処が面白い。品を欠くことも無くユーモラスで、「秋日傘」が効果的。
②「露しぐれ」は清澄にしてみずみずしい臨場感だ。さらに「わが歩々」に迫真感。
③深いおぼろの中の島々が幻想的だが、その情景を慈愛に満ちた御仏の胎内と見た辺り、自在に飛躍する作者の創造の並でないことに納得させられる。
④「礁打つ濤とどろなり」は、何の衒いも無く正面から実朝忌を詠んで力強い。
⑤「風葬」は干からびた蟷螂の死に様だが、「鎌挙げしまま」が印象的で哀れを誘う。

⑥リアルに創られた案山子には人間そっくりなものがある。掲句はその反対。てっきり案山子と思っていたのが歩き出して仰天。

葛咲くや鬼ヶ島にも人住めり

鬼ヶ島は瀬戸内の一小島、女木島の異称。島の巖山を迷路のように洞窟が縫うていて、鬼が住んでいたと言われても当にと思う。繁茂する葛が寥々たる雰囲気を醸す。本来ならば鬼が住むなどと言えば人は近づけないものだが、島にも人の暮しがある。この発見に意外性があり面白い。当句、集中最も簡潔素朴な句である。俳句の究極はかくあるべきか。

夫と待ち合はす街角日脚伸ぶ

帰りは一緒して食事でも、と待ち合わす約束のとある街角だが、ご主人の方は未だ見えない。しかし待たされるご本人（作者）に焦りは無い。そのゆとりは「日脚伸ぶ」が齎したもの。かなりの年代を重ねた夫婦仲を想像させて渋い。ところで作者のエッセイにはご主人が度々登場するが、肝心の俳句では掲句のみ。それで紹介した次第。秀逸な作品だ。

中塚さんの作品にはよく古文、古語がさりげなく遣われ、品格を高めている。古語を遣い新しい表現を試みているようでもある。これは俳句のみでなく、彼女のエッセイなどにも古語が自在に遣われ達意なところを窺わせる。細やかな筆遣いから生れる文章は抒情的で温かい。

こうした「宇宙」に連載される中塚文学が一回きりの掲載で終るのは惜しい。今回この句集上梓のあかつきには、是非ともエッセイ集の出版も考えて戴きたいと願う次第である。

第二句集『一夜庵』御出版おめでとうございます。期待に副えない文章でありますが、心を尽くして書かせてもらいました。

平成二十七年四月吉日　日々に濃くなる葉桜の季節に

岡本虹村

あとがき

俳句に心を魅かれ始めてどれほど経たでしょうか。誓子先生を始め多くの先生方にご指導戴きながら、今も非才を歎くばかりです。

身のほども省みず、この度の第二句集上梓にあたり島村正先生には選句の労をお願いし身に余る序文を戴き、大先輩の岡本虹村氏より面映ゆいような跋文を寄せて戴き、心より感謝のほかありません。お二人とも超ご多忙な中を、不肖の末輩のために貴重なお時間をおわかちくださいました。また様々なかたちで教えられ、力づけてくださった句友の皆さま、本当に有難うございました。

思い返しますと、わが人生に俳句という彩りを与えてくれた見えざる縁に深い祈りを捧げたいと思います。夫亡き後、気儘な私を支えてくれた子どもと家族たちに感謝いたします。

最後になりましたが、不慣れな私に気長くお付き合いくださった「文學の森」の寺田敬子様ほか皆様方に、心より御礼申し上げます。

平成二十七年七月

中塚久恵

著者略歴

中塚久恵（なかつか・ひさえ）　本名　久子

昭和三年　　香川県生まれ
昭和二十六年　「天狼」入会、山口誓子に師事
昭和五十六年　「狩」入会、鷹羽狩行に師事
昭和六十二年　「群青」入会、滝佳杖に師事。後に群青賞受賞
平成三年　　俳人協会会員
平成五年　　「宇宙」創刊・入会、島村正に師事
平成八年　　句集『銀河抄』刊行
平成九年　　「宇宙」投句開始

現住所　〒七六八―〇〇六〇　観音寺市観音寺町甲一二一二―一

句集　一夜庵《いちやあん》

発　行　平成二十七年十一月三日
著　者　中塚久恵
発行者　大山基利
発行所　株式会社　文學の森
〒一六九-〇〇七五
東京都新宿区高田馬場二-一-二　田島ビル八階
tel 03-5292-9188　fax 03-5292-9199
e-mail　mori@bungak.com
ホームページ　http://www.bungak.com
印刷・製本　竹田　登

ISBN978-4-86438-414-8　C0092